رواية

جميلتي

نيرمين

د. جُمان الريحاني

إهداء..

إلى الفنانة الجميلة نيرمين الفيقي

جمان الريحاني

خطوبة تقليدية

فاتحت إسراء صديقتها نيفين في موضوع مهم، والموضوع يتعلق بأخيها الوحيد رائف وهو يكبرها بعدة سنوات.

إسراء مخطوبة وسوف تتزوج عما قريب، وقد دامت خطبتها حوالي الأربع سنوات إلا أن خطيبها كان زميلا لها في الجامعة، كما أن أخاها قد تجاوز الثلاثين عاما إلا أنه كان معرضا عن الزواج بشكل غريب.

فقالت لها:

نيفين أنت تعلمين بأنني احبك لأنك صديقتي منذ سنتين تقريبا.

نيفين:

نعم..، أعلم.. وأنا أيضا أحبك، ولا أصدق أنه قد مرت سنتان على صداقتنا.

إسراء:

هل تعلمين أمرا؟

نيفين:

أنا حقا أتمنى لو أننا تعرفنا على بعضنا منذ سنوات..

إسراء:

وأنا أيضا..، ولكن انتم لم تنتقلوا إلى هذه المدينة إلا حديثا

نيفين:

نعم.. إنه عمل والدي الذي جعلنا نغير المدينة

إسراء:

وهذا التغيير كان لصالحنا لأننا قد كسبنا وجودكم في هذه المدينة وبالقرب منا

هل تعلمين أمرا؟

نيفين:

ما هو..؟

إسراء:

أنت أعز صديقة عندي وأعز من صديقات الطفولة وصديقات الجامعة، أنا أعتبرك صديقتي الحميمة

نيفين:

إنه نفس الشعور بالنسبة لي، إنه شعور متبادل.

إسراء:

ولكن..، لدي أمر آخر أريد أن أصارحك به؟

نيفين:

ما هو ..؟

إسراء:

إنه أمر مهم للغاية وقد فكرت كثيرا قبل أن أفاتحك به

نيفين:

لقد أثرت فضولي..، فما هو ..؟

إسراء:

سوف أخبرك لا تقلقي، ولكن لدي طلب قبل أن أخبرك
عن الأمر

نيفين:

هيا .. أخبريني..

إسراء:

أريدك أن تفكري في كلامي قبل أن تجيبي على الأمر لأن الموضوع يحتاج لبعض الصبر وللكثير من التفكير.

نيفين:

حسنا..

إسراء:

أنت تعلمين بأنه لدي أخ أكبر مني

نيفين:

أجل..، أعلم..

إسراء:

وهو معرض عن الزواج؟

نيفين:

لماذا؟

إسراء:

لأسباب كثيرة..

نيفين:

هل يمكن أن أعرف ما هي؟

إسراء:

أولا لأنه يجب أن يجد الفتاة التي يحلم بها

نيفين:

هذا من حقه

إسراء:

لكن معاييره للانتقاء حقا عالية ولن يرض بأية فتاة

نيفين:

أعتقد بأنها وجهة نظره..،

فهل هو يبحث عن فتاة جميلة جدا أو ماذا؟

إسراء:

بل هو يبحث عن جمال معين؟

نيفين:

ماذا تقصدين..؟

إسراء:

إنه يبحث عن فتاة تشبه الجمال الذي يحب

نيفين:

إذن.. لديه معايير معينة..

إسراء:

وهي معايير عالية جدا

نيفين:

هل تقصدين بأنه يبحث عن فتاة تشبه ملكة جمال ما

إسراء:

بل.. هي ممثلة، وليست ملكة جمال

نيفين:

هل حقا تقصدين ما تقولين؟

إسراء:

أقسم لك

نيفين:

أخوك يحب ممثلة!

إسراء:

أجل وليست أية ممثلة بل هو يرى بأنها تجمع كل صفات الجمال.

وإن جمالها جمال مميز

نيفين:

ومن هي هل أعرفها؟

إسراء:

أجل تعرفينها..، الجميع يعرفها إنها فنانة جميلة
ومشهورة وأظن أن الجميع يجتمع على محبتها
والجميع يحبونها، إنها فنانة محبوبة

نيفين:

من هي..؟

إسراء:

أريد أن أسألك سؤالا وبعد أن تجيبيني سوف أخبرك
من هي

نيفين:

لما كل هذا الغموض هل هي سر؟

قالت إسراء.. وهي تضحك:

طبعا سر؟

نيفين:

اطرحي سؤالك إذن لكي أعرف من هي تلك الممثلة الجميلة التي يحبها أخوك

إسراء:

اسمعي سؤالي هو:

هل تستطيعين أن توافقي على الزواج بشخص مثل أخي

نيفين:

ولما تقولين مثل آخي؟

إسراء:

أنا أعلم أنك غير مخطوبة، وليس هناك شخص في حياتك أي إنك لا تحبين شخصا معينا، فهل توافقين على الزواج برجل مثل أخي؟

أقصد بكلامي رجلا يحب ممثلة

نيفين:

وهل تقصدين بأنه يحب تلك الممثلة؟ يحبها حبا ويريد الزواج بها

إسراء:

لا..، الأمر ليس هكذا؟

نيفين:

كيف إذن..؟

إسراء:

اسمعي يجب أن اشرح لك الأمر من البداية لكي تعرفي كيف هي الأمور

نيفين:

نعم..، رجاء.. فأنا لم أفهم، وكذا لا يمكن أن أعطيك جوابا صادقا..

إسراء:

أنت تعلمين بأن أخي فنان

نيفين:

أجل.. لقد سمعتك تتكلمين عن الأمر سابقا

إسراء:

أخي فنان وهو يمارس هوايته التي هي شغفه بالحياة دائما ولأنه يحب تلك الفنانة فهو يرسمها كثيرا

نيفين:

لا أرى خطأ في ذلك

إسراء:

ولكن.. من شدة حبه لها فهو يرسمها كثيرا، وأيضا لم يعد يرى بأن جمال الفتيات في الواقع يقارن بجمال تلك الفنانة

نيفين:

هل يحلم بان يلتقي بها أو يتزوجها

هل هو حلم أو حب أو هوس؟

لست أفهم..

إسراء:

لا .. أبدا

هناك الأمر مختلف تماما

نيفين:

كيف ..؟

إسراء:

أخي فنان وحساس ولديه فلسفة خاصة

نيفين:

اشرحي.. لو سمحت أصبح فضولي أكبر

إسراء:

أخي يرى بأن الفنانة الجميلة هي مصدر إلهامه ويرى
بان جمالها مميز بطريقة ما

ولكنه في الواقع..، لا ينظر إليها كامرأة أو كفنانة فقط

بل هو يرى بأنها مصدر إلهامه

ويرى بأنها آلهة الفن بالنسبة إليه

نيفين:

آلهة الفن..!؟

إسراء:

أجل..، هل تعرفين آلهة الفن عند الإغريق

نيفين:

نعم..

إسراء:

أخي ينظر إلى تلك الفنانة بنفس الطريقة، ويرى بأنها تمثل الجمال الذي يتجسد على لوحاته، ولا أعتقد بأنه يرغب في أن يراها يوما تغادر لوحاته لكي تتجسد بلحم ودم

إنه يعشق جمالها في برجها العالي

ويحبها في مكانتها الزجاجية

ويرى بأنها في قمة جمالها، وهي نجمة في عالي السماء، ولا أعتقد بأنه قد يستطيع أن يراها نجمة تمشي على الأرض برجلين

إنه يرى بأنها في قمة جمالها، وتجسدها على اللوحات..

ويخاف أن يراها في الواقع فتنكسر تلك النظرة فربما يجد بأنها بسيطة ومتواضعة

وربما يصدم إن كانت مغرورة ومتكبرة

وقد يتفاجأ إن رأى اختلافا في عينيها أو ابتسامتها ولم تعد مثل التي على الشاشات

نيفين:

كل هذا..؟

اسراء:

أجل.. كل هذا وأكثر إنه جنون الفن، وفلسفة الحب والجمال،

وهذه الجملة غالبا ما يرددها علينا أخي

نيفين:

أرى أن أخاك بالفعل فنان وحساس وربما فيلسوف

إسراء:

والآن لنعد إلى سؤالنا؟

نيفين:

أيّ سؤال..؟

إسراء:

هل توافقين على الزواج برجل مثل أخي؟

نيفين:

بل قولي هل يوافق أخاك على الزواج بفتاة عادية مثلي، وهو يحب نجمة جميلة

إسراء:

العقدة هنا يا نيفين فان أعطيتني جوابك مبدئيا سوف أخبرك إن كان أخي قد يفعل

نيفين:

أنظري ما دام يحبها حبه للفن وأن كان حبه لها مبالغا فيه إلا إنني أعتقد بأنه لا ضرر في ذلك

قد أتزوجه إن أقنعني بأنني أناسبه كزوجة

إسراء:

اسمعي قد يوافق أخي على الزواج بفتاة عادية مثلما تقولين في حالة واحدة

نيفين:

وما هي؟

إسراء:

أن تكون تلك الفتاة تشبه الفنانة

نيفين:

هل تقصدين بأنه قد يتزوج فتاة فقط لأنها تشبه الممثلة التي تحب

إسراء:

نعم.. ، وخاصة إن تفهمت تلك الحالة التي لديه وتفهمت حبه لتلك الفنانة التي هي مصدر إلهام لوحاته

صدقيني حب أخي لتلك الفنانة هو حب بريء ولأنها بالفعل تستحق حبه وحب الجميلة

فهي فعلا جميلة وأنا أيضا أحبها ووالدتي تحبها كثيرا

نيفين:

عجيب أمركم جميعا لقد وضعتني في حيرة من أمري فعلا

إسراء:

هل توافقين على الزواج بأخي؟

نيفين:

أنت تطلبين يدي لأخيك؟

إسراء:

أجل..، ولقد تكلمت في هذا الأمر مع والدتي وأنا التي أقرت عليها الأمر لأنني احبك وأحب أخي أيضا وسوف أتزوج عما قريب ولا أريد أن نفترق إلى الأبد بل أريد زوجة لأخي

نيفين:

وهل أخذت رأيك أخاك؟

إسراء:

ليس بعد ولكن اعتقد بأنه سيوافق

نيفين:

هل تطلبين يدي لأخيك دون أن يعرف هو؟

إسراء:

إنه سؤال مبدئي وإن كنت أنت موافقة سوف أفاتحه وأجعل أهلي يتصلون بأهلك من أجل كل التفاصيل، لكنني متفائلة

فأنت الوحيدة التي قد يوافق عليها أخي

نيفين:

ماذا تقصدين بكلامك هذا؟

إسراء:

أنت تشبهين الفنانة الجميلة التي يحبها أخي

نيفين:

أشبهها؟

إسراء:

نعم..، تشبهينها وأعتقد أنك قد عرفت من هي فلابد أنك تعلمين بأنك تشبهين فنانة ما

ألم يخبرك أحد سابقا بأن فيك شبها من أية ممثلة؟

نيفين:

بلي..؟

إسراء:

ومن هي؟

نيفين:

أخبريني أنت عن الممثلة الجميلة التي أحبها أخاك

إسراء:

إنها الفنانة الجميلة نيرمين

نيفين:

إنها نفس الممثلة التي يشبهني بها الناس، ولكن أعتقد بأن الشبه بيننا ليس كبيرا

إسراء:

أجل..، حتى وإن كان بنسبة عشرة بالمائة إلا أنك بالفعل تشبهينها

نيفين:

أحقا تعتقدين ذلك؟

إسراء:

لا أعرف.. إنه سر ما

ربما عينيك، أو ابتسامتك، أو ربما هو شكل جسدك

أنت تشبهينها وفي نفس الوقت بينكما فرق كبير

نيفين:

أنا أيضا أحبها أرى بأنها جميلة، ويسعدني أن يرى الناس بأنني أشبهها ولو قليلا

إسراء:

فهل توافقين على الزواج بأخي رغم أنك عرفت كل الحقيقة وما يعاني منه

نيفين:

وما الذي يعاني منه؟

أنا أعتقد بأنها حالة من حالات الفن وليس عيبا أو خطأ

إسراء:

موافقة على الزواج به إذن؟

نيفين:

إن وافق هو وإن رأى بأنني زوجة ولست فقط شبيهة لفنانته الجميلة، وإن رأيت بأنه بالفعل يحبها حبه للفن وليس حب رجل لامرأة

إسراء:

أنا أؤكد لك ذلك لأنه يعيش هذه الحالة منذ سنوات وأعرف ما يمر به فعلا

نيفين:

يجب أن أقتنع منه هو

إنه زواج وليس تجربة أو مغامرة

إسراء:

حسنا..، سوف نرى ما سيحصل

زواج تقليدي

لقد كانت إسراء متفائلة هذه المرة وشبه أكيدة بأن أخاها سوف يوافق على الزواج من صديقتها

وبعد أن تناقشت مع والدتها في الأمر فقد كانت ترى بأنه سوف يوافق على هذه الفتاة، دون كل الفتيات التي عرضنهن عليه سابقا وقد كان يرفض أية فتاة ومن مجرد رؤيتها أو حتى رؤية صورة لها.

ولكن هذه المرة الأمر كان مختلفا جدا، لأن نيفين تشبه الممثلة الجميلة نيرمين ولو قليلا كما أنها فتاة متعلمة، ومتفهمة، ولديها طريقة تفكير رائعة

لقد كانت العشرة بين إسراء ونيفين طويلة وهي تعرف كل أخلاقها، وطريقة تفكيرها، ولكن لم يسبق أن زارتها في البيت، ولم يرها أخاها سابقا، ولا حتى والدتها فهي لم ترها.

لم تكن هناك مناسبة للزيارة بينهما كما أن خطيب إسراء لم يكن يسمح لها بزيارة صديقتها، لذا فقد كانت إسراء تعلم بأنها لا تستطيع أن تطلب منها زيارتهم إلى البيت، وهي تعرف مسبقا بأنها لن تستطيع أن ترد لها الزيارة

كما أنه يوجد سبب آخر، وهو أنها لم تكن تعرف ما قد يكون ردة فعل أخاها أن رآها، ولا ردة فعل صديقتها، وخاصة أن علاقة صداقتهما لم تكن وطيدة مثل اليوم

أما اليوم فهي لم تعد ترى بأن الأمر يخيف بل أصبحت صديقتها تعلم الحقيقة، ولا شيء قد يجعل الأمر غريبا أو مريبا.

كما أنها قد صارحتها بكل شيء، وخطبتها لأخيها، وهي تريد أن يتزوجها كثيرا، لأنها تحب الاثنين تحب أخاها، وتحب صديقتها، ولا تريد لأخيها أن يبقى كل حياته بدون زواج

كما أن والدتها هي الأخرى تريد لرائف أن يتزوج، لأنه قد تقدم في السّن ومازال مصرا على البقاء وحيدا.

بعد أن أخبرت إسراء والدتها بموافقة نيفين المبدئية وبشروطها أيضا جاء دور رائف.

جلست الوالدة وإسراء مع رائف، وصارحوه بالأمر فقالت له والدته:

ابني أريد أن أفاتحك في أمر الزواج

رائف:

مرة أخرى يا والدتي..

ألا تكفون عن طرح هذا الموضوع؟

إسراء:

أخي لدينا أمر جديد

رائف:

أمر جديد وما هو؟

الوالدة:

لقد اخترنا لك عروسا

رائف:

وهل تعتبرون هذا أمرا جديدا؟

إسراء:

لا.. ليس هذا هو الجديد في الأمر

رائف:

ماذا إذن..؟

إسراء:

الجديد هو العروس

رائف:

وما الأمر الجديد فيما يخصها؟

الوالدة:

لقد اختارتها لك إسراء هذه المرة

رائف:

إذن.. الجديد هو أن العروس من اختيار أختي العزيزة إسراء

إسراء:

أجل.. يا أخي وأنا أعدك بأنك هذه المرة سوف تتفاجأ

رائف:

إنها المفاجأة..، عنصر المفاجأة..، هذا يرافقني في كل مرة تحضرون لي عروسا جديدة، وأنتم تعلمون بأنني لا أريد الزواج

الوالدة:

هل أنت فعلا لا تريد الزواج؟

رائف:

ليس الزواج يا والدتي بل الزواج بأية فتاة، لا أريد الزواج بفتاة عادية

إسراء:

ونيفين ليست أية فتاة عادية

رائف:

نيفين يا له من اسم جميل وموسيقي

إسراء:

أرأيت كيف أنك قد سرحت في اسمها فمجرد سماع اسمها قد جعلك تسرح

رائف:

لا تفهمي الأمر بشكل خاطئ

إنه فقط اسم موسيقي

إسراء:

هل هو اسم موسيقي فعلا أم أنه على وزن اسم الجميلة نيرمين؟

الوالدة:

أجل.. اسمها يشبه اسم جميلتك نيرمين

رائف:

والدتي أنت دائما تفهمينني

الوالدة:

كيف لي أن لا أفهمك يا ابني وأنت ابني الوحيد

إسراء:

وأنا أيضا أفهمك يا أخي

رائف:

والذي تفهمينه؟

إسراء:

أنا أعرف أنك تبحث عن فتاة معينة، وتشبه من حيث الجمال الخارجي فنانة معينة

وأعلم أنك تحب هذه الفنانة لأنك تعتبر بأن جمالها مميز وهي تمثل لك الإلهام الجميل للوحاتك وهذا أمر يجب أن تفهمه الفتاة التي قد ترتبط بها.

رائف:

جيد.. جيد ما شاء الله أرى أنك قد حضرت ما ستقولنه لي بعناية

إسراء:

الأمر ليس هكذا يا أخي

رائف:

ماذا إذن؟

الوالدة:

أختك وأنا نريد لك أن تستقر

رائف:

أعرف ذلك يا والدتي، ولكن...

إسراء:

لا تقل.. ولكن لأن هذه المرة الأمر مختلف

رائف:

كيف ذلك؟

إسراء:

العروس هي صديقتي نيفين، وهي تشبه الجميلة نيرمين كثيرا

رائف:

تشبهها؟

إسراء:

أجل.. تشبها بعض الشيء وليس كثيرا، ولكن هناك أمر ما يجعلهما متشابهتان ولا اعرف ما هو، ولكن للفتاة شروط للموافقة على الزواج.

رائف:

آه.. أرى انك قد فاتحتها بالموضوع قبل أن تأخذوا رأيي

إسراء:

لم أشأ أن أكلمك بأمر قد لا يكتمل، وقد ترفض لأنها تشبه نيرمين، لذا قررت أن آخذ رأيها هي بالأول

رائف:

وماذا كان جوابها؟

إسراء:

هي موافقة مبدئيا وقد أخبرتها عن الجميلة نيفين أيضا، وعن اللوحات التي تملأ مرسمك

رائف:

أحقا قلت لها ذلك؟

إسراء:

أجل.. طبعا إنها صديقتي الحميمة ولا يمكن أن أخفي عنها أمرا كهذا، ولكن لديها شروط

الوالدة:

أجل.. يا ابني إنها حقا فتاة جيدة ومنذ سنوات وأختك تكلمني عنها، إنها فتاة طيبة وابنة عائلة محترمة

رائف:

أتمنى أن يكون الأمر مثلما تصفانه، ولكن ...

إسراء:

لا تقل لكن.. يا أخي أنا اشعر بأن هذه المرة الأمر مختلف

رائف:

وما هي شروط العروس الجميلة؟

إسراء:

لقد أصبحت تطلق عليها الجميلة قبل أن تراها أم أنك تتمنى أن تكون مثل جميلتك نيرمين؟

رائف:

لا تمزحي يا فتاة..

إسراء:

اسمع شرط العروس سوف تقولها للعريس

وعليك أن تقتنع بأنك تريد الفتاة للزواج، وليس لأنها تشبه الجميلة نيرمين، وهذا أول شرط أما الباقي فهي ستخبرك به

رائف:

متى..؟

إسراء:

الجواب عند أمي

اتفق الوالدة مع رائف على كل التفاصيل، ويبدو أن رائف على كل التفاصيل، ويبدو أن رائف قد وافق مبديا على الزواج هو الآخر.

لقد كانت هناك بعض الأمور المشتركة بين رائف ونيفين منها حبهما للفن فنيفين كانت تحب الفن إلا أن رائف يعشقه ويهواه، وهو بالنسبة له حب عمل وهواية.

كما أن كلاهما كان يريد أن يرتبط ومتصالح مع فكرة الزواج، إلا أن نيفين لم تكن لديها الكثير من الشروط

في زوج المستقبل، على عكس رائف الذي كان يعتقد بأنه لن يجد فتاة أحلامه

كما أنه كان لديه تخوف كبير، وهو أن يتزوج فتاة في يوم من الأيام وتمنعه من رسم جميلته نيمين، لأنه بالفعل كان يستطيع أن يرسمها ويرسمها بحب كبير

لقد كان يشعر بالراحة حين يرسم نيرمين على عكس ما يشعره مع كل لوحاته الأخرى

فأحيانا كان يرسم في حالات من الغضب، وأحيانا يرسم عندما يتوتر وأحيانا يرسم لمجرد الرسم، وأحيانا يرسم بحالات فنية رائعة، فتكون لوحته الأخيرة هذه للجميلة نيرمين.

وافق رائف على كل ما في نيفين وأراد أن يتقدم لها رسميا، وعندما قابلها وتكلم معها كان الحوار بينهما هادئ وجميل.

كما أن كلا منهما قد شعر بالراحة للآخر، وهكذا اقتنعت نيفين بذلك الشاب الوسيم، الفنان الحساس والذي استطاع أن يقنعها بأنه يرغب بالزواج بها لأنها هي نفسها، وليس فقط لأنها تشبه الفنانة الجميلة نيرمين

لقد أقنعها لأنها لم تكن تشبهها كثيرا، وأيضا لأنه أخبرها بنفس الكلام الذي قالته لها إسراء سابقا وهو أنها يحب الفنانة كمصدر إلهام وليس حبّ وهوس.

كما أنه يراها نجمة في السماء

نجمة تلمع وكلما رآها علم بأنها نجمة، ولا يمكن بلوغ النجوم

ولوحاته هي تكريم لها ولجمالها.

ولأول مرة اقتنع رائف بالزواج، ووافق على الفتاة
التي اختارتها له أخته إسراء وتمّ الزواج

لقد اسعد رائف قلب والدته بزواجه بعد كل تلك
السنوات، التي عزف فيها عن الزواج

لقد شعر رائف بأن نيفين هي زوجة مناسبة له، لأنها
تشاركه أفكاره واهتماماته، كما أنها قد كانت زوجة
متفهمة وتعي المعنى الحقيقي للزواج.

لقد كانت زوجة محترمة ومؤدبة ومتفهمة وتعين زوجها على أمور الحياة، كما أنها قد كانت زوجة محبة وجميلة.

وفي الجانب الآخر..، كان رائف نعم الزوج المحب، والمراعي والمتفهم لزوجته التي أحبها بالفعل.

وبعد مرور عدة أشهر من الزواج، قرر رائف أن يقيم معرضا فنيه له، وقد كان بالنسبة له المعرض الأوّل في حياته.

معارض لم تنجح

معرض الخريف

شجعه كل من هم حوله على إقامة المعرض الفني الأول وقد كان الأمر جيدا في بدايته.

قام رائف بتجهيز اللوحات التي سيّقوم بعرضها، وقد كان يفكر في أنه سوف يقوم بعدة معارض خلال هذه السنة.

كما أنه كان متشوقا جدا لرد فعل الجمهور والنقاد على معرضه الأول بالإضافة إلى بقيّة المعارض التي قرر أن يقيمها كل ثلاثة أشهر، لأنه كان يأمل أن يصبح

لديه جمهور عريض، وقد كان في نفس الوقت متخوّفا من أن أوّل معرض لا يجب أن يعلق عليه الآمال الكبيرة

فأوّل معرض قد يكون الانطلاقة الفعليّة للفنان، وربّما يمر مرور الكرام والنجومية لا تلمع إلا بعد الكثير من المعارض أو العديد من الفرص.

لقد كان رائف فنانا مؤمنا بالفرص والحظ، وأيضا مؤمن بالعمل الدءوب والجهد الكبير.

هكذا وبالفعل وبعد حماس وتردد وشوق وتخوّف أقام رائف أوّل معرض فني له، وذلك في بداية فصل الخريف وهذا ما أعطاه فكرة لكي يطلق على معرضه اسم معرض الخريف.

بعد عدة أيام لم يعد الإقبال كبيرا على المعرض الذي كان فيه الكثير من اللوحات التي تشبه فصل الخريف بالفعل، منها لوحات كان قد رسمها سابقا ومنه بعض اللوحات التي قام برسمها من أجل هذا المعرض بالذات وأيضا في الفترة القريبة السابقة.

لقد قام بتجميع كل اللوحات التي تناسب موضوع الخريف والتي بها ألوان حمراء وبرتقالية، وأيضا الأشجار العارية من الأوراق والأوراق على الأرض

لقد كان لديه بالفعل لوحات في هذا الموضوع، ولأنه أطلق هذا الاسم على معرضه قرّر أن يقوم بتجميع كل اللوحات ذات العلاقة.

لقد كان المعرض جميل واللوحات جميلة إلا أنّه لم يلق الإقبال الذي توقعه رائف، ولا النقد الذي كان يظن أن سوف يتلقاه ولا التغذية الراجعة التي كان يحلم بها

لقد كان المعرض جيدا ولكن ربما ليس بالمستوى الذي اعتقد رائف بأنه سيكون فيه

فهو لم يلق دعما ولا نقدا بناء ولا حتى تشجيعا لكي يواصل أو يتقدم.

اعتبر رائف بأن المعرض لم يكن ناجحا وعانى من فترة من الإحباط والحزن يكاد يكون شديدا، ولكن

وبالغرم من أن الدعم الفني قد اختفى أو لا يكاد يكون موجودا إلا أن الدعم العائلي قد كان موجودا وبقوة.

لقد دعمته زوجته أولا ودعمه كل أفراد عائلته وبعد أن مر بعض الوقت قرر النضال من جديد.

معرض الصيف

بعد الفشل الذي تعرض له المعرض الأول اعتبر رائف أنها مجرد كبوة وبعد أن تعافى من حزنه قرر الاستمرار

لقد قرر أن يواصل وأن لا يستسلم بل اعتبر بأن المعرض الأول لا يضمن نجاحه ويجب على الفنان أن يعرض لوحات الكثير وأن يشارك في معارض أكثر

لقد فكر في أن يعرض في بلد آخر، علّه ينال بعض التقدير ولكن الظروف لم تكن جيدة، لذا اكتفى بأن يعيد الكرة فقط وأن يقيم معرضا من جديد.

بما أن المعرض الأوّل لم ينل إعجاب الجمهور، قرر رائف أن يعرض هذه المرة في مدينة أكبر من مدينته الحالية حتى وإن تكلفت إقامة المعرض مبلغا من المال.

كما أنه قد فكر في أن يبدع في هذا المعرض أكثر

وبعد أن قرر أن يطلق عليها اسم معرض الشتاء

وهكذا قرر أن يجمع أية لوحة لديه، والتي قد تشبه الشتاء

فكانت هناك لوحات للمطر والثلوج..

ولوحات للعيون والدموع..

ولوحات للحزن والوحدة..

ولوحات لقارعات الطرق..

ولوحات للمظلات على الأرض..

ولوحات لنباتات وحيدة في بحيرات بعيدة..

ولوحات بألوان باردة..

ولوحات بألوان قاتمة ورمادية..

ولوحات ....

بعد أن أقام رائف المعرض الذي كان شبه متأكد
بأنه معرض جيّد، وسوف ينال عليه الكثير من التقدير

بعد أن تمت إقامة المعرض تلقى رائف القدر القليل من
الثناء، ولكنه لم يكن بالقدر الذي كان يأمل

لم يفهم رائف لما هذا المعرض مصاب بالفشل،
وتقريبا فشله يشبه فشل المعرض السابق، رغم أنه قد
غير الكثير من الأمور، ولكن لم يتلق الثناء الذي كان

يعتقد أو حتى التقدير ولا حقق بعض النجاح كما كان يأمل

بعد أن ناقش رائف مع كل من هم حوله لم يجد سببا مقنعا لفشل معرضه، وكاد يصاب بالإحباط

لقد كاد يصنف نفسه بالفنان الفاشل خاصة وأنه قد عرض عددا كبيرا من اللوحات التي رسما على مدار سنوات، وأيضا التي رسمها من أجل هذا المعرض بالذات.

لم تستطع والدته إلا أن تواصل تشجيعه لكي لا يتوقف عن عمل ما يحب، إلى أن يثبت للعالم بأنه فنان مبدع وله عمل فني يستحق الجميع أن يراه.

كانت أخته المقبلة على الزواج في تلك الفترة هي من أول الناس المهتمين بنجاحه، والتي كانت أيضا تدعمه، ولكي لا يتوقف طلبت منه أن تكون هديته لها من أجل

زفافها أن يرسم لها لوحة، وأن يقدمها في معرضه القادم ولكنه رفض وقال:

سامحيني.. يا إسراء.. ولكنني لا استطيع فعل ذلك ..

إسراء:

ولما لا تستطيع؟

رائف:

أنت تعلمين لما؟

إسراء:

لا.. لست أعلم.. أخبرني أنت لما؟

رائف:

أنت تعلمين بأنني لا استطيع أن ارسم أية فتاة غير ..

إسراء:

غير الجميلة نيرمين

نعم أنا أعلم هذا

رائف:

أنت تعلمين..

إسراء:

ولكن.. هدية زفافي يا رائف وأنا طلبتها منك

رائف:

أطلبي أيّ شيء، ولكن ليس هذا الطلب رجاء يا أختي..

أطلبي الممكن..، ولا تطلبي مني المستحيل.

إسراء:

هل أطلب أي شيء غير هذا الطلب؟

رائف:

أطلبي أي شيء..

إسراء:

حسنا.. طلبي يا أخي هو....

رائف:

ماذا؟

قولي..

إسراء:

ولكن.. يجب أن تعدني أولا بأنك لن ترفض طلبي..

إنها هدية زفافي، فكيف ترفض..؟ وإن رفضت سوف
أغضب، ولن اقبل منك آية هدية أخرى

رائف:

قولي.. يا أختي المدللة..، ولن أرفض إن شاء الله

إسراء:

حسنا..

أريد منك أن تقيم معرضا فنيا آخر وأن لا تستسلم

رجاء.. يا أخي.. أنا مؤمنة بموهبتك، فلا تتقاعس

رائف:

الأمر ليس سهلا كما تعتقدين، لقد مررت بالكثير،
وشعرت بالإحباط والحزن، وأمور أخرى، لا استطيع
أن ألخصها أو اشرح لك هكذا وبسرعة وربما لن
تفهمي كلامي..

إسراء:

عدني بأنك سوف تقيم معرض الصيف، أعتقد بأنه
سيكون ناجحا.

رائف:

من أجل زفافك سوف أقيم معرض الصيف، وأتمنى ا
نياتي بنتيجة أحسن من المعرضين السابقين

إسراء:

اعرض.. ولا تتراجع..

رائف:

حسنا..

لك ما تريدين..

إسراء:

شكرا يا أخي..

معرض الشتاء

بعد أن نال من رائف الإحباط وكاد أن يتراجع أو يفقد الأمل جاءه محفز جديد..

كان يجد عليه أن يجهز سريعا معرضه القادم معرض الصيف

ولكن المعرض هدية لأخته وقد جاء متزامنا مع الصيف، فقد أراد أن يعرض فيه لوحات جميلة ومشعة

بالحياة، مليئة بالجمال الصيفي، والأمل وأيضا أن تكون نابضة ومفرحة وتحمل السعادة

لقد أراد أن يكون معرضه سعيدا أو يحمل بعض السعادة، لكي يتناسب مع أنه هدية لأخته العروسة

تضمن المعرض لوحات زرقاء وسماء صافية، ورمال وبحر وشواطئ جملية..

الصيف يحمل رائحة البحر، والمعرض كان يحمل اسم الصيف، وتصمن لوحات كثيرة صيفية وسعيدة..

لم يشعر هذه المرة رائف بأنه بحاجة لردة فعل الجمهور، الذي كان يتلهف له في كل مرة، ولكنه في الحقيقة هذه المرة كان مهتما برأي أخته، وأن تكون راضية على هدية زفافها.

بالفعل لقد كانت إسراء سعيدة، وخاصة إن تزامن معرض أخيها رائف مع إقامة زفافها وقد سرت كثيرا بتلك الهدية، التي كانت الأغلى على قلبها والأقرب إليها.

كانت إقامة رائف لذلك المعرض الفني هي الهدية الأغلى على قلب إسراء، والتي جعلتها تغمر بالسعادة.

كانت التغذية الراجعة جيّدة، ولكن ليست بالمستوى المطلوب، ولا بالمستوى المنتظر..

لقد قرر رائف أن لا يقيم أي معرض آخر بعد أن باءت كل محاولاته بالفشل..

كيف له أن يستمر هكذا، ومعارضه لا تلقى الثناء، وهو لا يلقى التحفيز إلا التشجيع الأسري

لقد قرر أن يتوقف على إقامة المعارض، وأن يكتفي بالرسم لنفسه فقط، لأنه لا يمكن له أن يتوقف عن الرسم، فالرسم حياة بالنسبة له وطريقة لأخذ النفس.

الإلهام الحقيقي

دخل رائف في حالة من العزلة، ولم يعد يدخل إلى مرسمه، ولا يحب أن يتكلم عن معارضه ولوحاته.

رغم انه قد تظاهر بالقوة، إلا انه قد كان مهزوزا

لقد كان فنانا حقيقيا، ولكن لم يعلم لما أعرض الناس على لوحاته، ولما لم يعترف العالم بفنه، وبما يبذله من جهد في اللوحات التي قدمها إلى الناس

لقد كان يشعر بأن هناك شيئا ما مفقودا، ولكنه لم يستطع أن يكتشف ما هو..

لم يكن يفهم لما يحدث معه هكذا.

في يوم جلست معه زوجته، وبطريقة لطيفة فتحت معه حوارا وكلمته في موضوع معارضه واللوحات، رغم أنها كانت تعرف بأنه لا يحب فتح هذا الموضوع

إلا أنها قد تكلمت معه في الأمر بعد تفكير عميق وقالت له:

حبيبي.. أريد أن أكلمك في موضوع..

رائف:

ماذا تريدين يا حبيبتي؟

نيفين:

ولكن.. لا أريد منك أن تغضب

رائف:

أتمنى أن لا يكون موضوعا يثير الغضب

نيفين:

أن اعتبرته موضوعا يثير الغضب سوف يفعل

ولكن.. يمكنك أن تتقبل من حبيبتك أي شيء

أليس كذلك؟

رائف:

أجل.. لن أغضب تكلمي وخذ حريتك في الكلام

نيفين:

أريد أن افتح موضوع المعارض

رائف:

وما بها؟

نيفين:

هل تعلم لما لم تنل القدر الكافي من النجاح؟

رائف:

وهل تعلمين أنت؟

نيفين:

ربما..

رائف:

ما هو السبب في رأيك؟

نيفين:

اسمع كلامي جيّدا، واعتبرني أول شخص من جمهورك واعتبر كلامي لصالح معارضك

رائف:

أنا استمع.. فقولي ما لديك..

نيفين:

اسمعني جيدا يا حبيبي..، وسوف نتكلم عن المعرضين الأول والثاني معا، ثم نتكلم عن المعرض الثالث لوحده

رائف:

لماذا جعلت أول معرضين معا وتركت المعرض الثالث لوحده؟

نيفين:

لسبب وجيه وسوف أخبرك عن المعرض الثالث أولا

رائف:

ما به؟

نيفين:

لا يمكنك أن تعتمد على المعرض الثالث اعتمادا كليا،
فهو لن يضمن لك لا النجاح ولا الخسارة

رائف:

ولما ذلك؟

نيفين:

لأنك لم تكن مهتما لا باللوحات ولا بالجمهور بل كان
كل همك هو رأي أختك بالمعرض، وان تكون هي
راضية لأنك قد أقمت معرضا لأجلها

رائف:

بعض كلامك صحيح والبعض لا..

نيفين:

اخبرني.. ما الذي ليس صحيحا

رائف:

أنا كنت مهتما بالمعرض على العموم

نيفين:

ولكن.. ما كان يهمك هو رأي أختك أوليس كذلك؟

فكر رائف لبعض الوقت، ثم قال:

أظن أن معك حق

نيفين:

أرأيت عندما تفكر جيدا كيف أن كلامي صحيح، لقد فكرت أنا في كل هذا الكلام قبل أن أفتح معك الموضوع.

رائف:

أرى ذلك..

نيفين:

إذن لا تحمل هذا المعرض أكثر من طاقته، واعتبره هدية جميلة لأختك الوحيدة، وطالما هي كانت سعيدة به فاعتبره أنت أنه قد حقق النجاح المطلوب، ولا تلقي على عاتقه أكثر من اللازم.

رائف:

وما هو رأيك في المعرضين الأول والثاني؟

نيفين:

طبعا لدي رأي لأشاركك به

رائف:

وما هو؟

نيفين:

أعتقد بأنك قد ارتكبت خطأ، وهو الذي تسبب فيما حصل

رائف:

وما هو هذا الخطأ؟

نيفين:

كل تلك اللوحات لا أعتقد بأنها تمثل هويتها بالفعل

لا اعتقد بان تلك اللوحات تمثل حبك للفن وشغفك

رائف:

ماذا تقصدين؟

نيفين:

أنت كنت ترسم بحالات من الحزن، وبعض اللوحات كانت تعبر عن الاكتئاب، وهناك لوحة حملت الكثير من المشاعر السلبية

رائف:

ما الذي ترمين إليه؟

نيفين:

اعتقد بأنك قد أوصلت إلى الجمهور شعورا بالوحدة والحزن والألم، وليس الفن..

أنت لم توصل إليهم حبك للفن..

أنت لم تشاركهم شغفك بالفن..

أنت لم توصل إليهم موهبتك الفنية الحقيقية..

أنت لم تشاركهم الفن الذي خلقته بحب..

اللوحات التي رسمتها وأنت في حالاتك الفنية وقمة إبداعك

رائف:

ولكن.. ما قصدك بكل هذا الكلام؟

نيفين:

أنت تفهم قصدي

رائف:

هل تقصدين لوحات نيرمين؟

نيفين:

أجل.. لوحات الجميلة نيرمين التي لطالما كانت هي إلهامك الكبير، والتي رسمتها بحب..

نعم.. أقصد تلك اللوحات التي تملأ المرسم، ولا أعرف لمن أنت تخبؤها.. ولما تخبؤها؟

رائف:

هل تعنين... هل تقصدين...

نيفين:

أجل.. أنت تفهم قصدي

تلك لوحاتك التي رسمتها، وأنت سعيد

رسمتها وأنت منطلق

رسمتها وكنت مسرورا كلما أكملت إحداها

تلك اللوحات التي تشعر بأنها كنزك العظيم

تلك اللوحات التي تعاملها كما تعامل الأمهات الأطفال بكل حب ورفق، وتوليها كل الرعاية والاهتمام.

تلك هي اللوحات التي أنا أتكلم عنها

وهي التي أنا أكلمها عنها

رائف:

وما المطلوب؟

نيفين:

يجب أن تقيم معرضا

رائف:

معرضا من جديد؟

نيفين:

أجل.. معرض ولكن ليس كأي معرض مضى

رائف:

كيف ..؟

نيفين:

يجب أن تقدم للناس هويتك الحقيقية، واللوحات التي رسمتها في عز النفحات الإبداعية

لوحات أنت تشعر بأنك موجود فيها

لوحات أن تثق فيها..

لوحات أنت تعلم بأنها تمثل فنك

لوحات وضعت فيها كل إبداعك

لوحات وضعت فيها فنك الحقيقي

لوحات كل من يراها يعرف إنها من إمضائك تحت توقيعك أنت

رائف:

هل تعتقدين ذلك؟

نيفين:

بل أنا مؤمنة بذلك

رائف:

ربما..

لا أعرف..

سوف أفكر في الأمر ثم أخبرك برأيي

نيفين:

لا تقل هذا وهكذا؟

رائف:

ماذا؟

نيفين:

أريدك أن تكون متحمسًا وان تتكلم بكل حماس وشوق.

وأريد أن تقيم معرضا وان تقدم للجمهور هويتك الفنية الحقيقية، وليس لوحات عن الطبيعة، والخريف، والشتاء، والصيف، والألوان الحزينة واللوحات المحتقنة بالمشاعر السلبية.

رائف:

المعرض يا حبيبتي بحاجة إلى الكثير من التفكير والترتيب.

نيفين:

وإن يكن؟

رائف:

لست متأكدا

نيفين:

هل تريد أن أساعدك في الترتيب، لأنني أريد معرضا لم يسبق وان تمت إقامة معرض مثله.

رائف:

لا.. يا حبيبتي.. أنت يجب عليك أن تهتمي بنفسك

فوضعك الصحي لا يسمح..

نيفين:

كيف لا يسمح وهل أنا مريضة؟

رائف:

لا أقصد ذلك بل أنا أتكلم عن حملك

نيفين:

الحمل لن يكون عائقا على مساعدتك للتجهيز للمعرض

رائف:

ولكن انه حملك الأول وأنا أريدك أن تعتني بنفسك وان

تحافظي على صحتك وصحة الجنين.

نيفين:

نحن بخير.. ولكننا نريد أن تقيم معرضا ناجحا

رائف:

لا اعرف حقا..

نيفين:

إن فكرت في النجاح سوف تصل

وأيضا إن قدمت الأعمال الناجحة، فسوف تلقى إقبال الجمهور.

رائف:

هل تعتقدين ذلك؟

نيفين:

أنا أكيدة من هذا

معرض الحياة معرض الربيع

بعد ان اقتنع رائف بكلام زوجته بدأ الترتيبات اللازمة من أجل المعرض، الذي لأول مرة يكون متشوقا لأقامته

رغم انه كان سعيد بالمعرض الأول إلا أن سعادته بهذا المعرض، لم تكن أبدا تشبه سعادته بالمعارض السابقة

لقد كان متشوقا جدا لهذا المعرض وسعيد به حين التفكير وحين الترتيب، وأيضا دخل لأول مرة إلى

مرسمه برفقة زوجته وهو سعيد، بل وهو في قمة السعادة وهو ينظر إلى لوحاته الجاهزة وهو مستعد لعرضها على الجمهور ولأول مرة.

تجول بين اللوحات وهما يحاولان اختيار اللوحات التي سوف يعرضها..

التفت رائف إلى زوجته وقال لها:

هل تعلمين أمرا يا حبيبتي؟

نيفين:

وما هو؟

رائف:

يجب أن نفكر هذه المرة في مكان مختلف لكي نقيم فيه المعرض..

نيفين:

ماذا تقصد بمختلف؟

رائف:

لا أعلم.. المهم أنني لا أريد معرضا يشبه المعارض السابقة

نيفين:

رجاء.. يا حبيبي.. لا تفكر بالمعارض السابقة

رائف:

حسنا.. سوف أحاول ولكن لا أعدك، لأن الأمر لا يكون بيدي أحيانا..

نيفين:

أريد أن تبذل جهدك وأن تفكر فقط في هذا المعرض الجديد،

في تلك اللحظة شعرت نيفين بحركة في بطنها فقالت لزوجها:

حبيبي.. حبيبي..

رائف:

ما الخطب يا حبيبتي..؟

نيفين:

أظن أن الجنين يتحرك

هات وضع يدك على بطني لكي تشعر بحركته

رائف:

أحقا يحدث ذلك..

نيفين:

ضع يدك.. لكي تشعر به بنفسك

بعد أن وضع رائف يده على بطن نيفين وشعر بتحرك الجنين قال لها:

حبيبتي متى سنعرف جنس الجنين؟

نيفين:

آنا لا أريد آن تكشف عن جنس الجنين بل أريد أن نكتشفه يوم الولادة

رائف:

حسنا.. كما تريدين

نيفين:

ولكن هل تعلم أمرا؟

رائف:

ما هو؟

نيفين:

أعتقد بأن الجنين معجب بفكرة المعرض، لأنه قد بدا يتحرك هنا في المرسم وأمام اللوحات التي كنت تختارها

رائف:

نعم.. أعتقد ذلك أنا أيضا

نيفين:

إذن لقد اتفقنا نحن الثلاثة على هذا المعرض

رائف:

نعم..

نيفين:

حسنا حبيبي هيا بنا أنا اشعر ببعض التعب

رائف:

هيا حبيبتي.. وسوف نختار اللوحات فيما بعد

نيفين:

لا.. حبيبي.. لا داعي لذلك أنا أرى أن تعرض كل
اللوحات وبدون استثناء

رائف:

ولكن.. هناك لوحات لم أكملها

نيفين:

إن رأيت بأنه يمكنك أن تكلمها اقترح عليك أن تكلمها
وإلا فاعرضها كما هي إن كانت تصلح للعرض
وضعها في ركن لوحدها وأطلق عليه اسم ركن لوحات
لم تكتمل بعد

رائف:

حسنا.. سوف أرى ما يمكنني فعله

نيفين:

وهل تعلم ما سيكون اسم المعرض؟

رائف:

هل تريدين اختياره أنت اسم هذه المرض؟

نيفين:

لا أعتقد ذلك، لأن اسمه موجود بالفعل

رائف:

وما هو؟

نيفين:

معرض الربيع

رائف:

هل تريدين أن يحمل هذا الاسم، لقد اعتقدت بأنك قلت

لا تتبع الفصول ولا تكرر أخطاء السابق

نيفين:

لا .. لا ..

هذا ليس خطأ

كما أن الاسم سوف يكون مناسبا جدا لجمال لوحاتك

وهذه المرة الاسم سوف يكون رمزيا ولا يعبر عن لوحات ربيعية، بل عن جمال امرأة يشبه جمال الربيع

امرأة تشبه الربيع بجمالها..

وتشبه أزهاره بسيرتها العطرة..

وتشبه النسيم بحضرها على الشاشات..

امرأة زينت لوحاتك كما زينت الشاشات..

رائف:

ولكن.. سوف يعتقد الجميع بأن اللوحات تعبر عن الربيع

نيفين:

ومن أجل هذا..، يجب أن يكون اسم المعرض اسما مركبا

رائف:

اسم مركب؟

نيفين:

أجل.. وأنا لدي اقتراح

رائف:

لديك اقتراح وما هو؟

نيفين:

أطلق على معرضك اسم..

معرض الربيع جميلتي نيرمين

رائف:

حقا؟

نيفين:

أجل.. وأنا أشجعك على ذلك

رائف:

حسنا.. كما تريدين

نيفين:

ولدي طلب آخر..

رائف:

أخبريني عن طلبك هذا

نيفين:

أريدك أن تقيم المعرض قبل ولادتي

رائف:

ليس هناك وقت كثير، وأعتقد بأنه يجب أن أقوم
بتجهيزات كثيرة

نيفين:

أريد أن يأتي ابننا أو ابنتنا ليجد بأنك قد أقمت معرض
أحلامك

المعرض الفني الذي يعبر عنك، وعن فنك يا حبيبي..

رائف:

حسنا.. سوف أبذل قصارى جهدي

نيفين:

شكرا حبيبي.. أنا احبك كثيرا

حضن رائف زوجته، وقال لها:

وأنا احبك يا حبيبتي

وضع يده على بطنها وقال أيضا:

أنا أحبكما كلاكما

نيفين:

ونحن نحبك.

جميلتي نيرمين

قام رائف بكل الأمور اللازمة من أجل المعرض، وهذه المرة كان يفكر في حبه للفن بالفعل، ولم يكن همه لا رأي الجمهور ولا حتى رأي أي شخص، رغم أن المعرض كان بطلب من زوجته، ولكنها طلبت منه أن يفكر في الفن لأجل الفن.

كانت التحضيرات على قدم وساق، ولكنه لم يستطع أن يقيمه قبل ولادة زوجه بوقت طويل

ويوم افتتاح المعرض شعرت زوجته التي كانت في شهرها التاسع من الحمل بتوعك، فتم نقلها إلى المستشفى، إلا أنها قد طلبت منه أن يبقى في المعرض.

لقد كانت لديها انقباضات وتوقع الأطباء أن تلد هذه الليلة، ولكن.. كان بإمكانه أن يقضي بعض الوقت في المعرض، قبل أن يحين وقت الولادة.

لم يكن هذا المعرض يشبه المعارض السابقة تماما، بل قد لاقى نجاحا باهرا، وقد حضره العديد من النقاد الذين أشادوا بعمل رائف واثنوا على لوحاته

لقد تم بيع العديد من اللوحات في وقت قياسي، ووضعت بعض الصور لمعرضه ولوحاته على مواقع التواصل الاجتماعي، والتي حصدت آلاف، بل ملايين الإعجابات وأيضا العديد من التعليقات الايجابية، والتي لم تكن فقط مجرّد تعليقات بل كانت من نقاد عظماء وفنانين كبار، لم يستطيعوا إلا الثناء على تلك اللوحات الجميلة والتي استحقت كلّما قيل فيها.

شعر رائف بالفخر كثيرا، وسر بما سمعه وبما لاقته لوحاته ولأوّل مرة

حتى أنه قد تمت دعوته إلى مدينة باريس من أجل المشاركة في معرض جماعي..

وبعد مرور بعض الساعات من النجاح اتصلوا على رائف من المستشفى، وقد أخبروه بأنها قد دخلت إلى غرفة الولادة، ويعتقدون بأنها سوف تلد عما قريب.

وصل رائف إلى المستشفى ليجد زوجته تلد وقد
وصل مع وصول المولود

لقد أنجبت زوجته مولودة أنثى

كان رائف في قمة السعادة وكان ذلك اليوم أسعد يوم
في حياته، حيث أقام معرض حياته وكان المعرض
ناجح جدا،

بل.. لاقى نجاحا.. لم يكن ليحلم به رائف أبدا

وقد حدث أهم حدث أيضا في ذلك اليوم حيث زرق بمولودته الأولى والتي كانت فتاة جميلة تشبه الملاك

بعد أن بارك رائف لزوجته سألها وقال لها:

حبيبتي ما هو الاسم الذي تريدين أن تطلقيه على ابنتنا الجميلة

نيفين:

أترك لك الاختيار

رائف:

لا يمكنني أن أفعل ذلك.. يا حبيبتي

أنت من يجب أن تطلقي عليها الاسم

وان تركت لي الاختيار لأسميتها نيفين لأنك قطعة منك وتشبهك

نيفين:

بل أطلق عليها اسم نيرمين

رائف:

نيرمين؟

نيفين:

أجل نيرمين، إنه الاسم الذي جمعنا، واسم جميلتك
ومِصر إلهامك، واسم معرضك الناجح

ألم يكن المعرض ناجحا

رائف:

بل.. كان في قمة النجاح

نيفين:

كما أن الوليدة تشبه الفنانة الجميلة نيرمين

أوليست تشبهها؟

ابتسم رائف.. وقال وهو يحضن ابنته وزوجته:

أجل تشبهها..

تمّ تكريم رائف في العديد من الدول على لوحاته
عن الجميلة نيرمين، وتلقى العديد من الجوائز وقد كان
ولا زال يرى بأن الفنانة الجميلة نيرمين هي أجمل
امرأة في العالم وأن جمالها هو جمال مميز

جمالها يلمع مثل النجوم

جمالها فريد مثل القمر

جمالها دافئ مثل أشعة الشمس

جمالها جمال الربيع

وهادئ مثل نسيم الربيع

جمالها يشبه الزهور والعبير

جمالها جمال مميز بحق

Sommaire